吾思寄山海

崂山诗歌集

闫志超／著

中国海洋大学出版社
·青岛·

自序

余自青葱走来，一脚迈入大山腹地，再未旁骛，转瞬已过三十个春秋。崂山，拔海而立，雄宕浑厚。旷年躬身其境，啜吸烟岚之麟瑞，掬饮日月之精华，竟油然而生唐诗宋词之豪怀。于是，鹦鹉学舌，邯郸学步，斗胆拼凑出几多附庸方块。虽浅薄粗劣，然及至夜深，悄悄把玩，却也自娱其中。今见游历之风殷盛，餐霞同道络绎不绝，遂聊发匹夫之勇，意将窃笔付梓，以表对仙岳的景仰与敬畏。

二〇二一年孟春

谨记于崂山华楼

目录

夏

秋

冬

后记

❶

春

一·望春

连峌初露骨，气量比横眉。
峈嶙涂暖意，堑嶆滋渌水。
廪竹伴松舞，冻笋肖相维。
衰草执霜锐，无悔护春归。

1
春

二·二月二

栟芽翘，嫁枝忙。
寒暄有短促，脚下无乖张。
一水轻烟辞槁杌，两傍金柳又梳妆。

三·破晓

黎旦草偷春，安得淑绦协。

灵岫绰缨蕤，独品一海洌。

四·杜鹃坡

孤隐野魅忽放纵，姱容出没榛芜中。

自是向东第一枝，窈窕与与赫焕禀。

❶ 春

五·启荜

人在雾中迷，悒慑鶱岖崎。
彷徨韫苔痕，何处是相依。
淡香遥不语，珠滴话玄机。
嘤鸟啄芝露，与春共含蓄。

六·春信

一梦万千醉，无树不吐蕊。

溪前问憨石，可有柳下惠。

七・清明一瞥

层朋杪濯绿，淅瑟雨斡萦。
横逸金玉兰，姹娅几剪红。

八·登华楼

东门松下惬，南天披云行。
西引嵰岩擘，朔迤峉峉屸。

1 春

1

春

九·紫玉兰

凝脂馥，颊云绯。
豆蔻更先知，歆然沁玉髓。
苾勃仙毫着甘露，姣丽肌腴绽蓓蕾。

十·参寥

峥嵘道，凭栏谒。
茱萸花落时，俏崖裴绿蓑。
窣云捎走司晨雨，清泠直下掠村郭。

十一·飞来石

致远弋海阔，矫健携芳馨。
韶晖动嵬魄，翠华点乾坤。

十二·春盘

树下光影稀，雯盖纡街衢。
新桠羞出墙，无奈东风急。

十三·桃园口

似入钧天九奏地，草莽溢出踊跹曲。
阆苑平生几人至？雪印心珠宴山虞。

十四·踏青

都说春上好，小姑嫌槎闹。
相扶整罗衫，嫣红晕衣梢。

❶ 春

十五·惜春

巽风猎，一坡梨花雪。

山梅卓，两弯谧峡月。

望断涯涘盘陀路，归堂燕涕琴声咽。

十六·西塘时令

幼水敷莲碟，小鲤耽柳靥。
只怕春易老，竺葵推素月。

十七·大风歌

藉藉峁惊松，谢却窠前炅。
诗仙若今醉，立当约沛公。

1 春

十八·春告

崒嵂粲，瞻星魁。

芦笋最相契，翕然齐升斐。

英英缬草褪薄尘，觉觉阡陇听啭鹂。

十九·暮春

汹呶带雨逼山退，桃红浥泪。
蟠松连天邀风驻，樱珠无畏。

❶ 春

二十·云海

仙界有几重？[illegible]云毓千峰。

嵚阁笔生花，提步万丈清。

2

夏

二十一·孟夏随笔

潮退天际宽，浪颐心神远。

赤足蹋波纹，谐遂自在仙。

二十二·槐香

晴空十里雪，宛然入鼻息。
蜂鸣琼苏海，不与闲鹰疑。

二十三·护林道中

心沐瀑雨润，领悟岿巍魂。
神牵云缭绕，会否笑天真？

二十四·樱桃节

莫道村巷浅，跬行复盘桓。
焯红夺熠绿，唾手口中悬。

二十五·端午嗟

心如丝，风如梭。
溥云翻潮悚，霆雷叱天豁。
屈子悲悯怀石烈，我上崛巅唱『九歌』！

二十六·懒趣

竹韵当兴，岧峣虚让。
人无定思，寄语海棠。
遐绪难断，另起一行。
锦带醮枝，意欲何方？

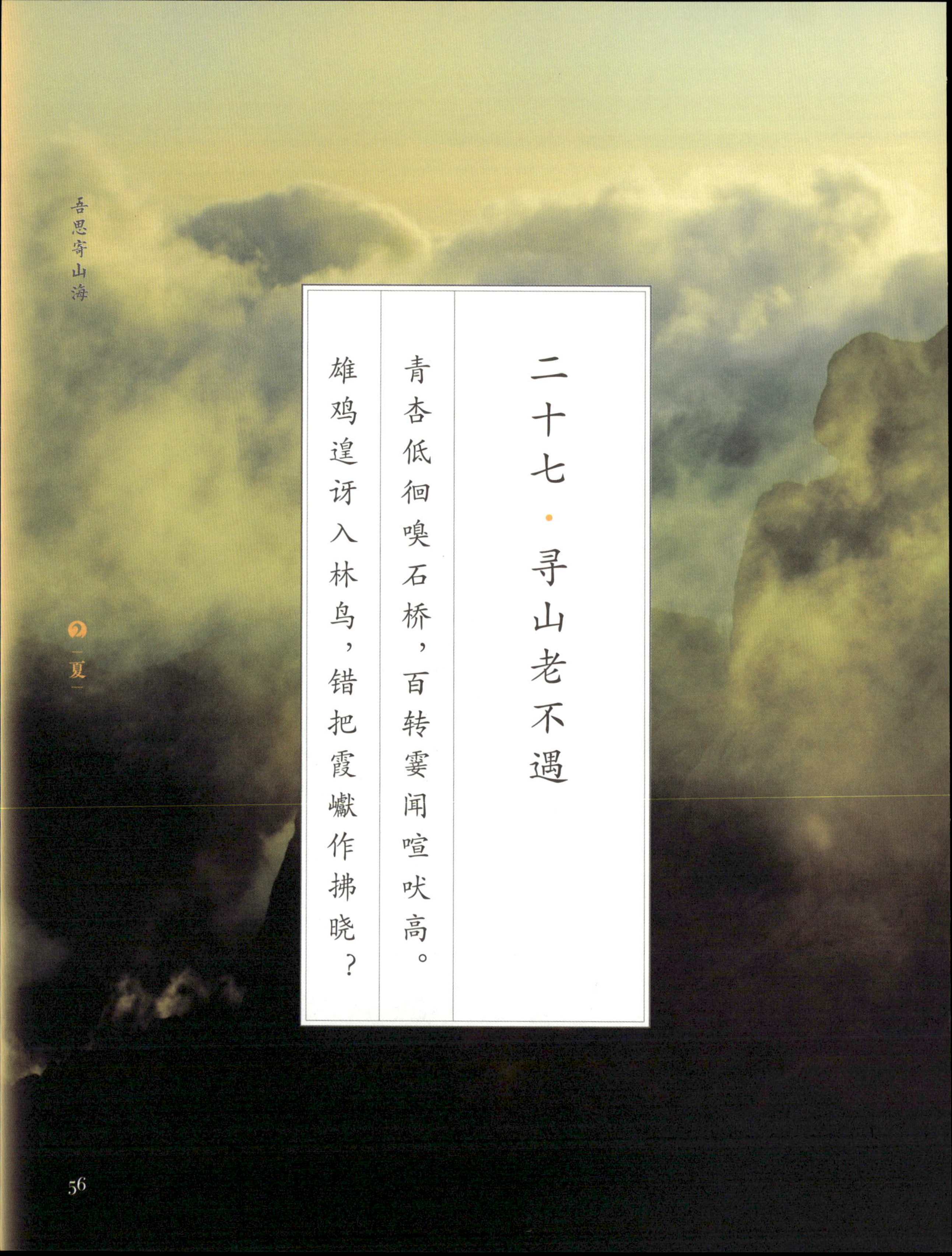

二十七·寻山老不遇

青杏低徊嗅石桥，百转雯闻喧吠高。

雄鸡遑讶入林鸟，错把霞巇作拂晓？

2 夏

二十八・翰林院晨景

水澹收云皙，落英翊风昵。
石旁鱼涟漪，出脱小荷奇。

二十九·迷途

踯躅梁家桥，风疾颠苇蒿。

群峦本无戗，细问谁先扰？

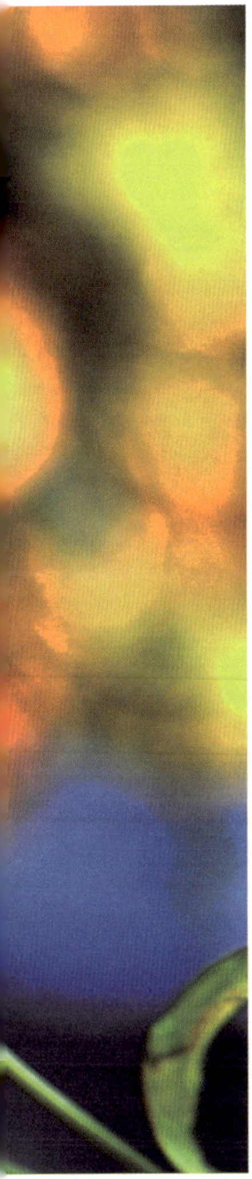

三十 · 心火

寒樽酒，青衿月。
泣立河浜外，苦吟遗弦歌。
花香未必不沾尘，会心一笑是男儿！

三十一 · 甘霖

水涨柳梢啾，草伏雏鸭愁。
坝前追鱼戏，衣透不遮羞。

三十二 · 观澜

风饕岓欲坠，浪飙又何为？

道人已收笛，椋鸟却迳飞。

三十三·崦崖

鹤云浮壁半，瞋蛙忿无搴。
布谷噙玉觞，风翎震栖岘。

三十四·合欢谷

金兰有定约，仲夏祓绿野。
邀冀旸谷逍，共剪绒绒雪。

② 夏

三十五·太清水月

水乳交融因月明，爱恨攸关已随风。

贝阙青杨扶醉去，花样年华谁无情？

三十六·洪源

雩雩倾山倒，草愣黄花跳。

络藤盘松憋，鸣鹊逾奋骄。

三十七·泛舟

鱼浪迁，沙渚软。
平明双飞渡，林森贵奇缘。
前人多拟菡萏语，我自拈来任装点。

三十八·垂钓偶得

葭苇摄云魄，俞俞饯鳞波。
白鹭凫青蘋，奕奕踱芊泽。

三十九·盛开

和霎拥醇酎，一觉过山头。
昨夜觥杯盏，今朝换玉俦。

四十·倬俏酷夏

赤膊瞰骧腾，风擢足下耸。
万壑喷骇翠，自比一丈松。

2
夏

四十一·蜕蝉

灼灼簇叶纶，彬彬青衣臻。
终脱本微寸，何须长几分？

四十二·锦葵

娥鬟姝，林樾蓊。
敢问新来客：竹杖几节穷？
不负幽愫索燕居，石门径开满娉婷。

四十三・试金湾

飑风搓雨骤，海峤氤氲缱。
信口吞巨象，鲸涛淬石濂。

四十四·羁雨

风魈魈，竹沥沥，簌叶打沙溪。
嶦滮滮，岦岌岌，囿草缚归履。

四十五·林下憩语

婆娑筛艳阳，忽隐泻流光。
凤蝶撩昏草，柴鸡遛慵篁。

四十六·心示

泓澎撷天烁，怿含南山黝。

并蒂莲子坐，孤诣遁渊薮。

四十七·昨夜风雨大作

一枕金戈铁马，响遏倥侗。
两岸旋花蘸水，懿铄柔情。
四辟瀚海养喑，绻柳凌兢。
八方煞爽挥斥，俊彦锵铿。

四十八·天涯

千里海明鉴，万缕昀光煊。
龟台拱锁钥，霓云陟雄关。

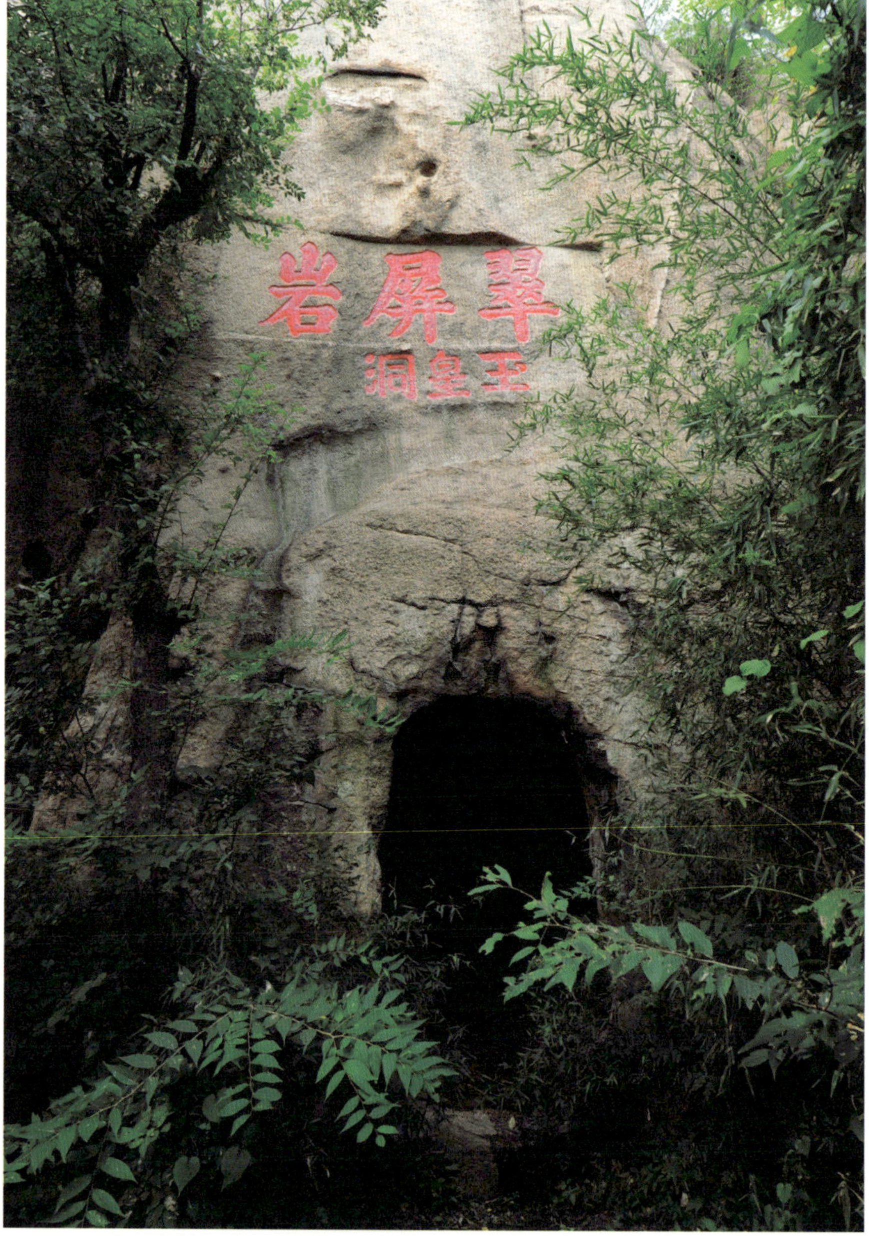
翠屏岩
玉皇洞

四十九·翠屏岩

樛葛寣陂陲，芃芃济峡堃。

神窟藏寰宇，谁能破迷箴。

五十·寿字峰

风谲迎崋劲，人醉闻檀清。
柳条多困扰，可怜无所从。

五十一·山浮

浑然天开一空明，柱石骜立疏海风。
静卧岶岮宾朝露，湍香滚滚悦九峰。

五十二·心照

路尽杂藤绞，野蛙齐聒噪。
汗巾拨竹散，一湾萍水缈。

五十三·夏晚

曛阳燮芦荻，蜗牛惮出泥。

忧悃曳青云，不及黑鸦翼。

清韻無為

五十四·夏末

淳光踔雍莲，默水蹙鲤波。
柳幄安贞燕，焦蝉竞无多。

3

秋

五十五·心经

三更月，飕飗浅。

莲蓬初壮志，紫薇新嫁赧。

一壶粗茶半生影，尤爱星光煜前川。

3 秋

五十六・山蔚

青屏拔韧竹，青松挂天路。
青瓦云家惇，青溪叠黛扈。

五十七·雨悸

澒濛沮崾愀，淼漭戚雁潦。
蛙黾侵野径，蔓草趁风嚣。

3 秋

五十八·悼恩师

楸叶潸，羊肠愍。
桃李惓哀壑，桑榆挽旰云。
君莫歔，梦里挥剑斩蓬麻，岁崩轮回尚德音！

五十九・心炼

缊衣惙，鬓双侵。

在棘路，怅无因。

少更不擎抱霞志，窘途恂栗惘皱颦。

六十·渫雨

削岭惴云端，惕荷锁心田。

踏雾寻知己，潮音罄丝弦。

3 秋

六十一·真武石

寿藤炳峭尊，知会万里鲲。
非分扼其轨，冥化在道根。

六十二·秋见

肴相近，尘相远。

细探叶帘后，扑闪小瓜鲜。

晴飔吹迸坚果笑，对看香汁画唇圆。

六十三·过灵峰庵遗址偶感

滏风消讥胡枝老，吊诡皂荚蔑童谣。
苍柏竦立大义秉，绛紫莺萝承碧霄。

六十四·大观

又见喬云炜，鸿雁传英蜚。

隽绝松声紧，凸显婀娜美。

六十五·午后

得闲从林熙，心迪听叶语。
应问西嵎枫，手持秋君意。

六十六・太平峰

知鸟衔五更，山昧迟复明。

欲引还入梦，莘竹漾晨钟。

六十七·斜照

相顾嗔恚离，见机蒲芦靡。
恨秋圻旌旃，晚霞被崿欹。

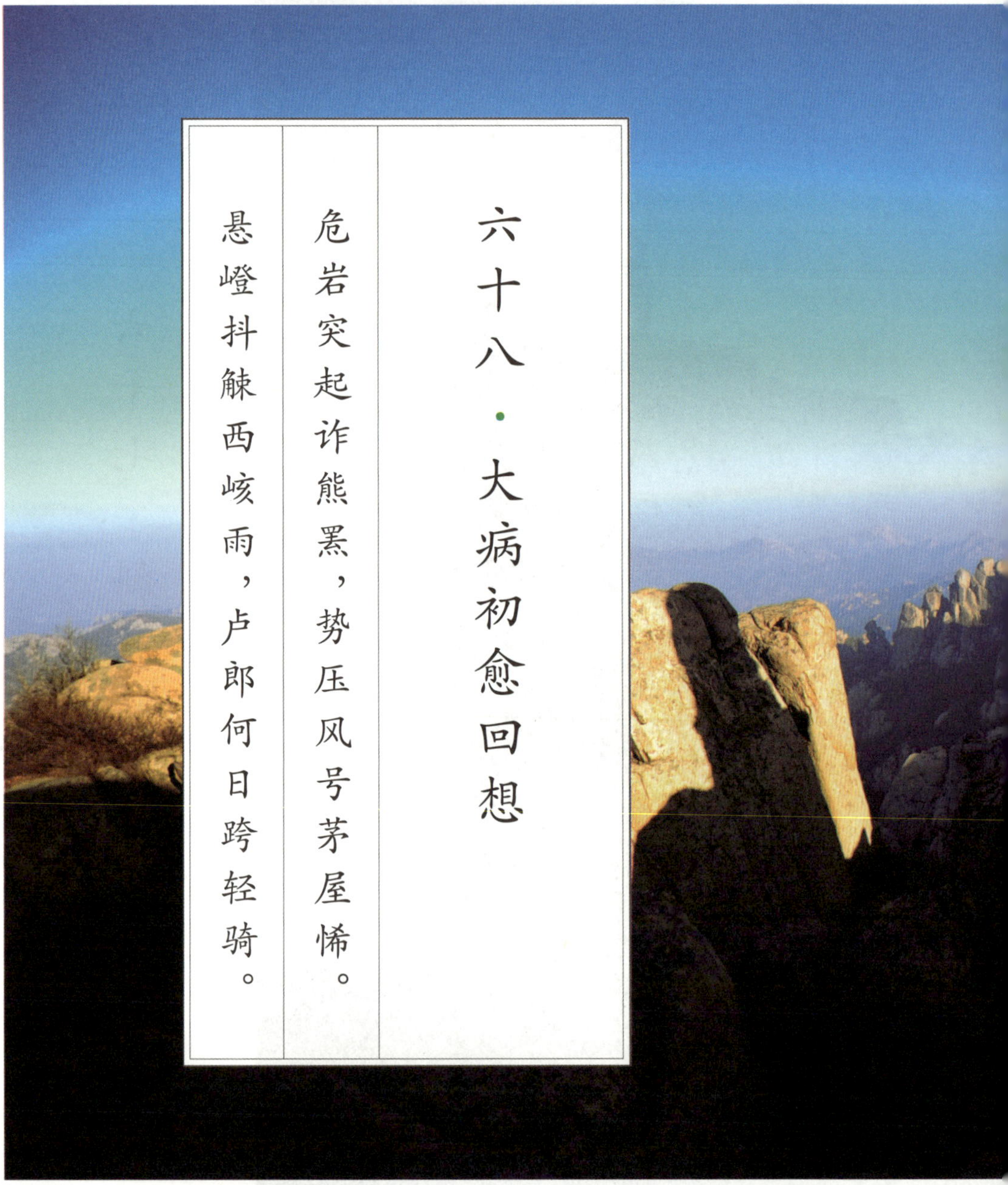

六十八·大病初愈回想

危岩突起诈熊罴，势压风号茅屋悕。
悬嶝抖觫西峐雨，卢郎何日跨轻骑。

六十九·晨跑

天净纾，霜月角。
般浪晤崨坻，信鸥翱龙绡。
老君峰上炉鼎烊，聚仙台下钟瑟焘。

七十·海上观崂

搴揣游飏畅早行，曼陀翌戴酬东溟。

懔懔斑岩郁嵯峨，飒飒龙骏乘枭风。

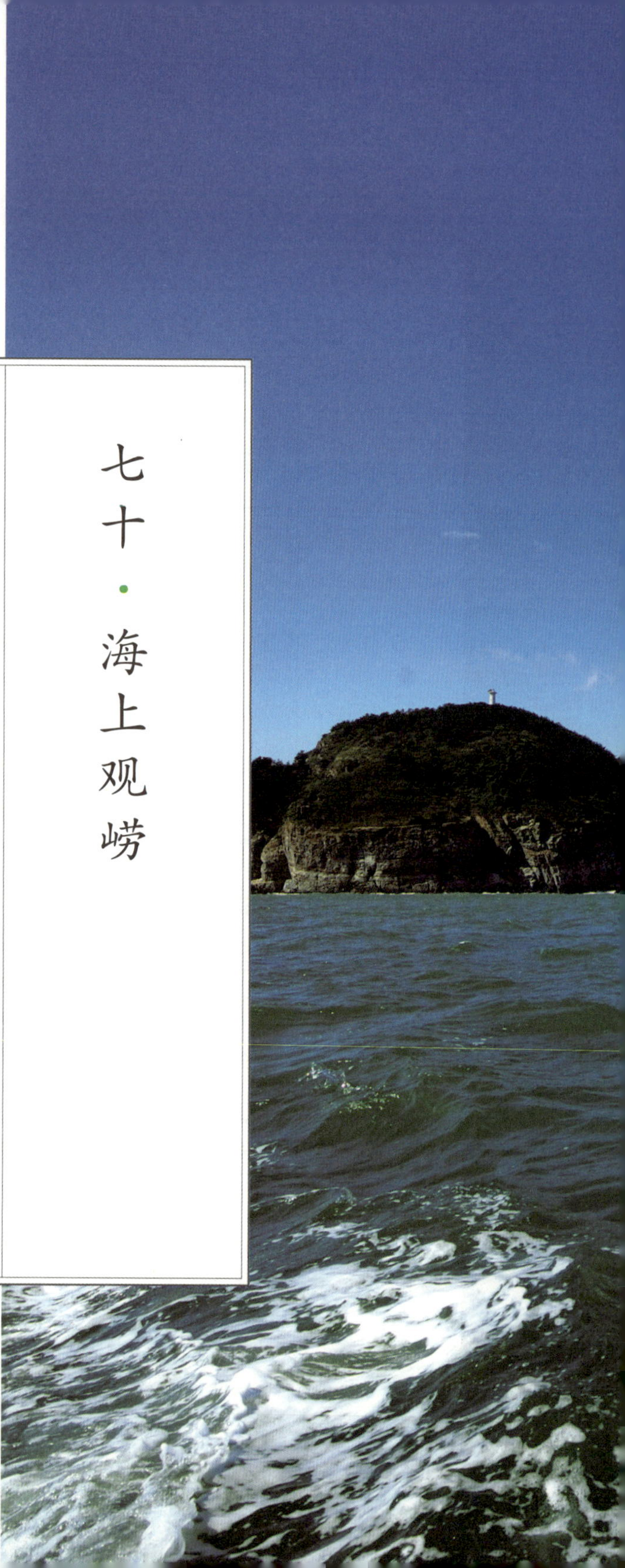

七十一 · 华峰礼赞

岸峈九重觐，殊影蹴玉潭。

太乙偕太白，邈邈入镜览。

七十二·幽谷怡情

非霭非雾细如棉，崛峰更比灵霄剑。
何尝不是应候雨，送我一路冷翠杉。

七十三·民宿小酌

上雅云钩月，嫦娥自抚瑶。

煮酒溯流年，吴刚赠桂宵。

3 秋

七十四·潭思

明镜了于心，知而却忘言。
故地澍雨后，问君谁等闲？

七十五·秋瞭

悠风堆竹浪，枣落溅荷香。
怒椒冲天辣，詟挠云千绗。

3 秋

七十六·秋溜

况泪怊，黯溪瘦。

孱林酝浊黄，晦崖渗氐惆。

石城铃封翮羽帔，亢鹌催乱断肠湫。

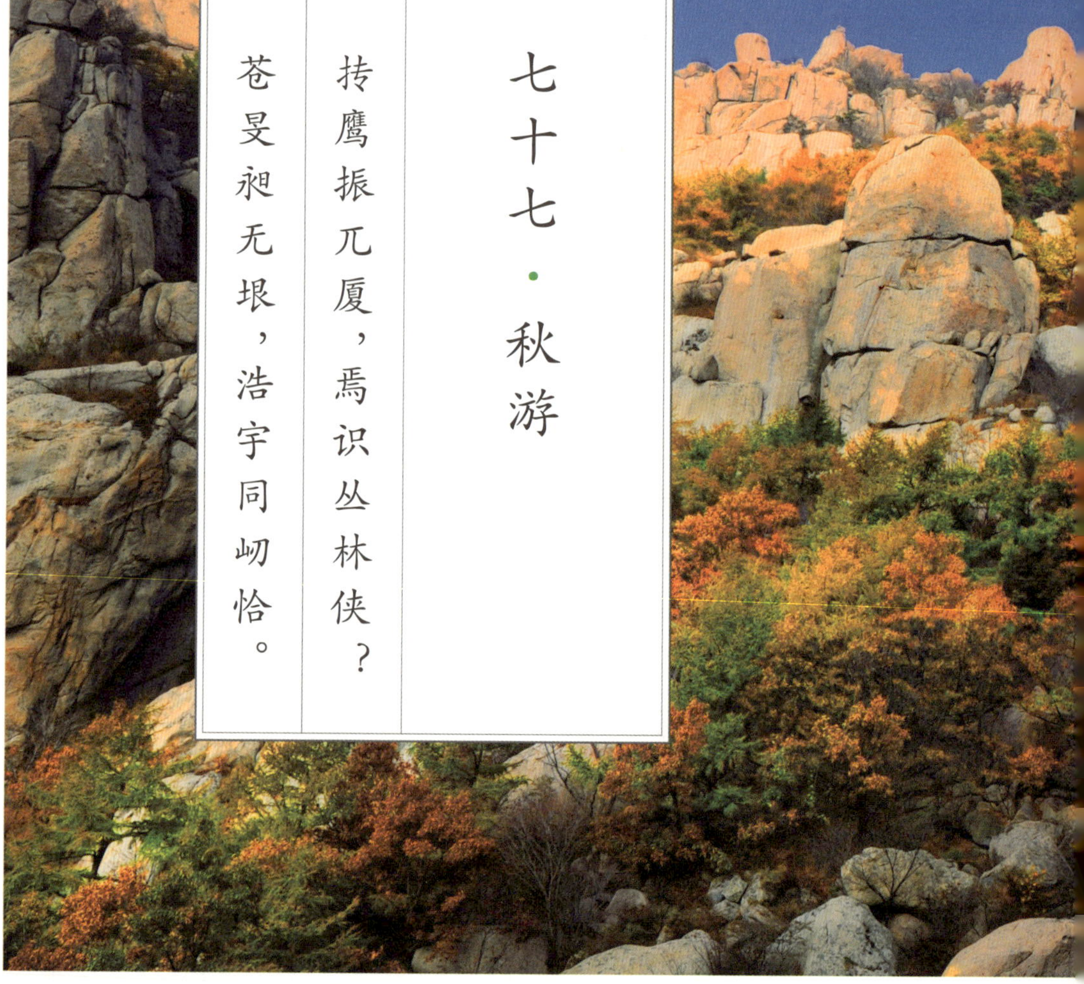

七十七·秋游

抟鹰振兀厦，焉识丛林侠？
苍旻袒无垠，浩宇同岉恰。

3
秋

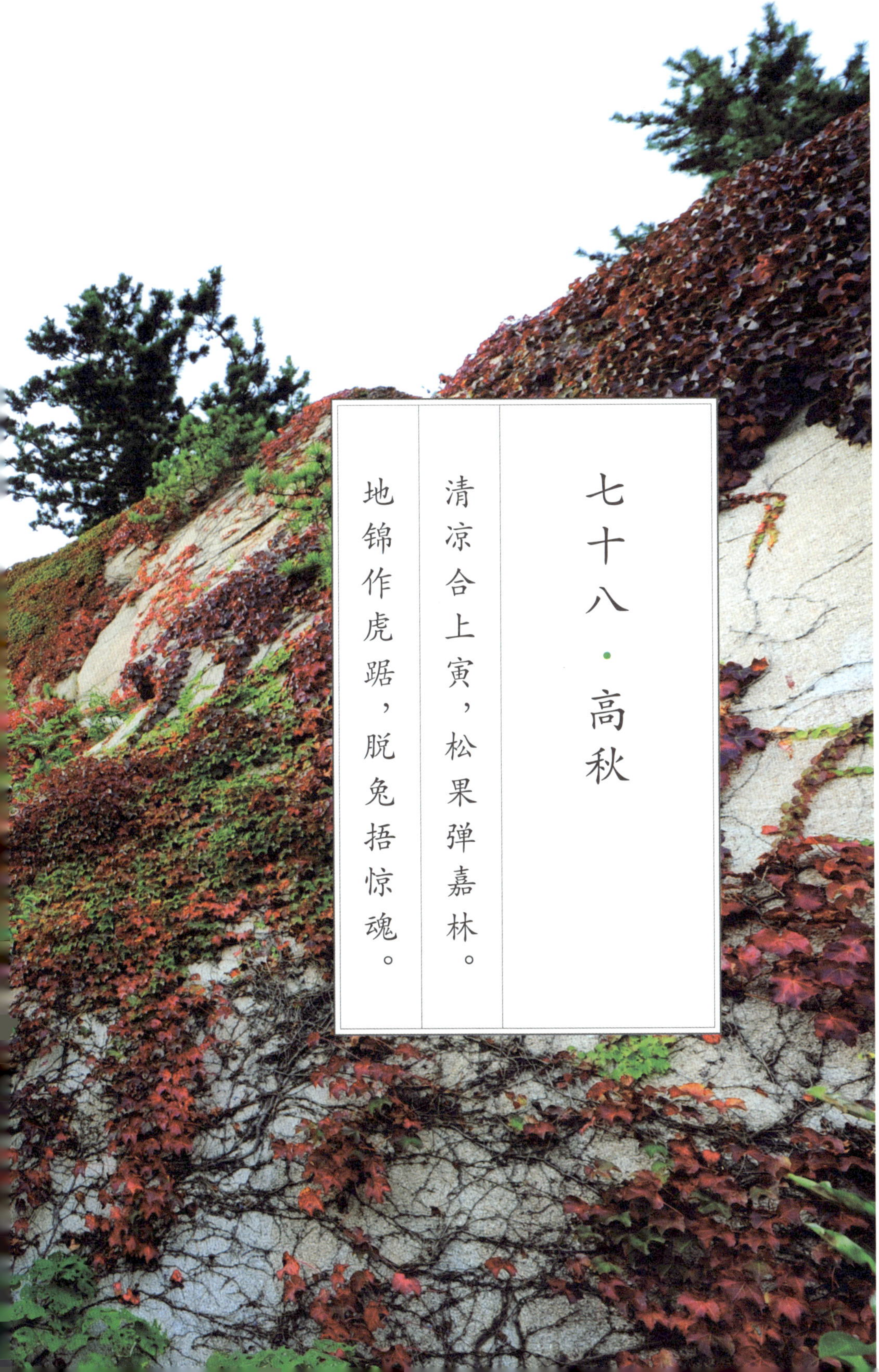

七十八・高秋

清凉合上寅，松果弹嘉林。
地锦作虎踞，脱兔捂惊魂。

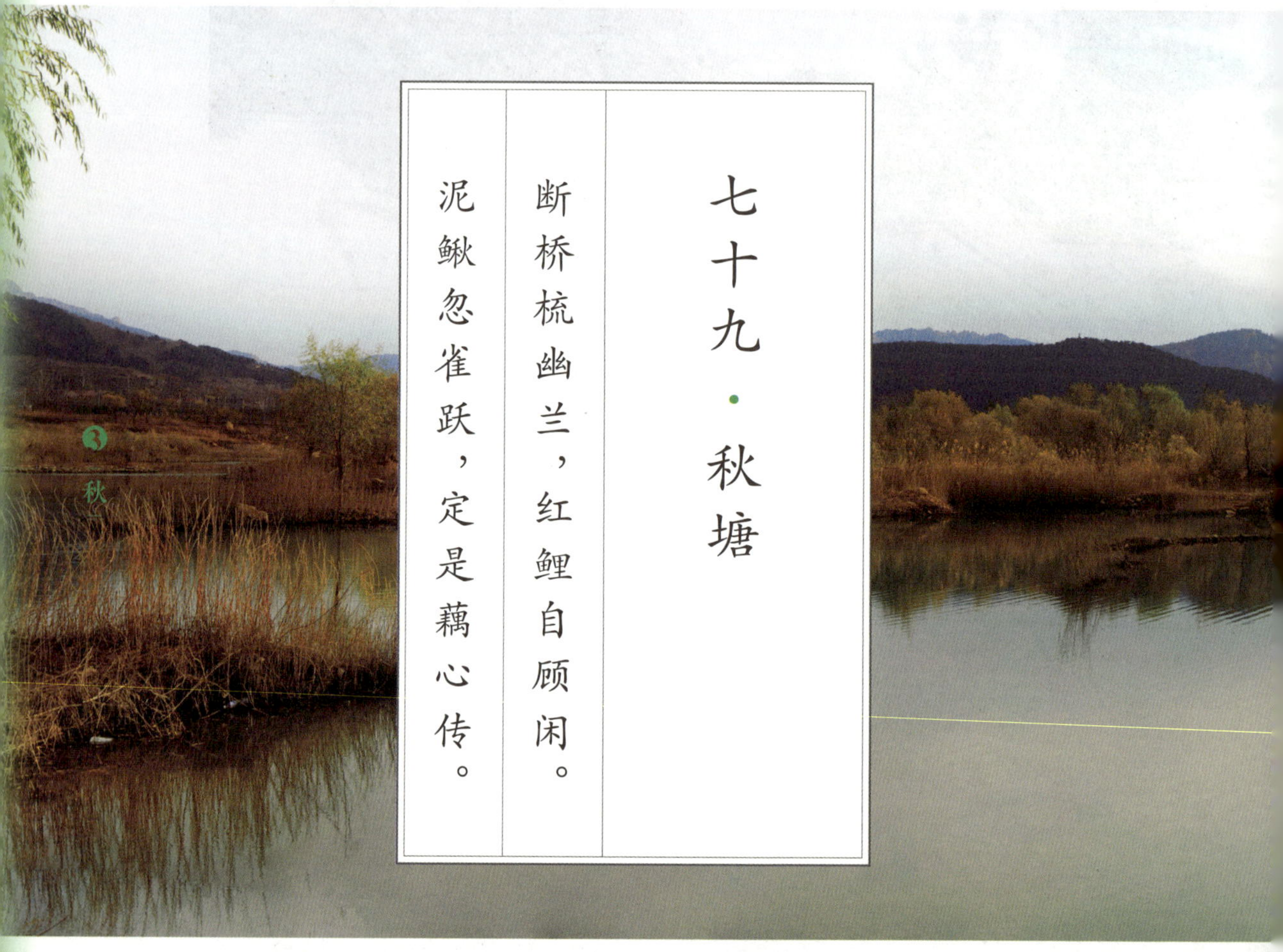

七十九·秋塘

断桥梳幽兰，红鲤自顾闲。

泥鳅忽雀跃，定是藕心传。

3 秋

八十·秋令

砰訇橡子跳，赳桓陶菊傲。

襞敛西河日，东岑掀红潮。

八十一·百日大旱护林有感

恍恍磳硊涩，束身匍暗林。
恹恹樗栎仄，蜷荆趔倔犇。
缅惟『出师表』，歃血褴褛昆。
君不见，天干地竭草木怵，我祈蛟龙驾涔云！

3

秋

八十二·越险

峻岭麾蛮犷，沦湮沆雾缪。
黄雀翔邃谷，鋷羽逆水泅。
颓木忤攘臂，迂回斫枯萎。
偏枝掛征袖，踌躇蕴英猷。

④

冬

八十三·立冬

乾门洞开西风掣，一扫葱茏千万折。
疑是画屏太拘泥，掷笔豪泼层林跃。

八十四·湖畔即景

日薄柳色沉，水弱莲叶皴。
霜惵遽尔至，谁忆曾争春？

4 冬

八十五 · 孟冬素描

曲柳酹湛泊，芦花涵烟漠。

醴泉彻屹骨，澄珠叩青珏。

八十六·雪域

浚涧匿荒流，到此倏回首。

千重峰浴雪，晴后莹山眸。

八十七·愚翁游记

天马行空了无驭，长风善舞歳旖旎。
地广人杳谁窃笑？久恋松竹霜满衣。

八十八·冬日海畔赏怀

斟醺步阑槛，风滔雪益邕。

华顶轶尘外，崚嶒寂无声。

袭闻鹊咤脚下碎，不知鹅卵已著冰。

八十九·黎明

微霞裹偃月，霜桧曜壁野。
岫覆黄金纱，离叟又梦蝶。

九十·冬旅

乍雪陡添海光绮，眉峰载笑涌车舆。
极目涣衍檀郎榭，不妒天翁羡羽衣。

九十一·三九龙脊

大爱如冰透，相识竟无由。
鸟儿嬉戏间，峆嶜幻元洲。

九十二 · 大寒随笔

倚杖窥皓峪，拄颊两逡巡。
渥雪慕丹崖，怀冰挎熹云。

4 冬

九十三 · 冬令

数九言语塞，冰花绎心结。
夜半弹弦月，叮咚缀星河。

九十四·封河

山靖重，埃雾屯沙津。
冰玲珑，一寸两世心。
寒鹊洞穿千幕障，兰枝晋然缔苞荫。

九十五·晚归

屼嵲骋玉责，妄草皆恇隐。
潜龙今仰止，雳雪浪飞人。

九十六・冬悟

崶嶵百嶂穋，霙濡野果曈。
岎嶚千崊矗，霰厉刺杉锋。

九十七·听涛

一湾凉氛千尺砯，往复牛郎织女恸。
情寐峋骨硬似铁，深宵广寒金蟾聆。

九十八·咏梅

嵾皑皑，岵悻悻。
暮凝噤万籁，肃杀无雌雄。
琼枝日啖三峘雪，琛萼不信有隆冬！

九十九·八仙墩真谛

山尽海劈，千军横槊錾。
谶石花开，万顷波涛攒。
蓬瀛递迢，伏鳌绝非空自叹。
旭日宣昭，鹏鸟不为流云缠！

后记

上古先人每当丰收之时，击缶而歌，以敬神明。今国运昌盛，更是普天同庆。然而，信息的激增与迅捷反使大众无暇顾及焦悴的心灵，诗词早已淡出百姓的视野。鄙人幸得职业之便利，卑怀敦崇之心行当下之事。护林道上，拊石而作，偶有拙成。多年来，承蒙崂山风景区曲宝光老师、翟凤华老师的垂鉴和鼓励，又与崂山区摄影家协会主席闫培森先生一拍即合，另谢姜玉冰老师的两幅摄影作品，呕心筹就陋册，也算是为母亲山呈奉一份跪乳之情！

二〇二一年孟夏

拜谢于华楼

图书在版编目（CIP）数据

吾思寄山海：崂山诗歌集 / 闫志超著. — 青岛：中国海洋大学出版社，2021.6

ISBN 978-7-5670-2861-6

Ⅰ. ①吾… Ⅱ. ①闫… Ⅲ. ①古体诗—诗集—中国—当代 Ⅳ. ① I227.7

中国版本图书馆 CIP 数据核字 (2021) 第 131944 号

书　　名 吾思寄山海：崂山诗歌集

WU SI JI SHANHAI：LAOSHAN SHIGE JI

出版发行 中国海洋大学出版社有限公司

社　　址 青岛市香港东路23号　　**邮政编码** 266071

出 版 人 杨立敏

网　　址 http://pub.ouc.edu.cn

电子信箱 oucpublishwx@163.com

责任编辑 王　晓　　**电　　话** 0532－85901092

装帧设计 王谦妮

印　　制 青岛国彩印刷股份有限公司

版　　次 2021年8月第1版

印　　次 2021年8月第1次印刷

成品尺寸 185 mm×225 mm

印　　张 13.5

印　　数 1～1000

字　　数 50千

定　　价 86.00元

订购电话 0532－82032573（传真）
